श्री राम

रुद्रांश शर्मा

Made with ♥ on the Notion Press Platform
www.notionpress.com

क्रम-सूची

1

श्री राम

राम/श्रीराम/श्रीरामचन्द्र, रामायण के अनुसार, रानी कौशल्या के सबसे बड़े पुत्र, सीता के पति व लक्ष्मण, भरत तथा शत्रुघ्न के भ्राता थे। हनुमान उनके परम भक्त है। लंका के राजा रावण का वध उन्होंने ही किया था। उनकी प्रतिष्ठा मर्यादा पुरुषोत्तम के रूप में है क्योंकि उन्होंने मर्यादा के पालन के लिए राज्य, मित्र, माता-पिता तक का त्याग किया।

वे भगवान विष्णु के अवतार माने जाते हैं। ऋषि वाल्मीकि ने रामायण की रचना की थी। लेखक गोस्वामी तुलसीदास ने भी उनके जीवन पर केन्द्रित भक्तिभावपूर्ण सुप्रसिद्ध महाकाव्य रामचरितमानस की रचना की थी। इन दोनों के अतिरिक्त अन्य भारतीय भाषाओं में भी रामायण की रचनाएँ हुई हैं, जो काफी प्रसिद्ध भी हैं। दक्षिण के क्रांतिकारी पेरियार रामास्वामी व ललई सिंह यादव की रामायण भी मान्यताप्राप्त है। भारत में श्री राम अत्यन्त पूजनीय हैं और आदर्श पुरुष हैं तथा विश्व के कई देशों में भी श्रीराम आदर्श के रूप में पूजे जाते हैं जैसे नेपाल, थाईलैण्ड, इण्डोनेशिया आदि । इन्हें पुरुषोत्तम शब्द से भी अलंकृत किया जाता है। इनका परिवार, आदर्श थाईलैंडी परिवार का प्रतिनिधित्व करता है। रामरघुकुल में जन्मे थे, जिसकी परम्परा रघुकुल रीति सदा चलि आई प्राण जाई पर बचन न जाई की थी। ब्राह्मणों के अनुसार राम न्यायप्रिय थे। उन्होंने बहुत अच्छा शासन किया, इसलिए लोग आज भी अच्छे शासन को रामराज्य की उपमा देते

हैं। इनके दो पुत्रों कुश (कुश के वंशज ही बाद में कुशवाहा कहलाए) व लव ने इनके राज्यों अयोध्या और कोशलपुर को संभाला।

वैदिक धर्म के कई त्योहार, जैसे दशहरा, राम नवमी और दीपावली, श्रीराम की वन-कथा से जुड़े हुए हैं। रामायण 1980ई. से भारतीयों के मन में बसता आया है, और आज भी उनके हृदयों में इसका भाव निहित है। भारत में किसी व्यक्ति को नमस्कार करने के लिए राम राम,जय सियाराम जैसे शब्दों को प्रयोग में लिया जाता है। ये भारतीय संस्कृति के आधार हैं।। राम और कृष्ण दोनो ही विष्णु का अवतार हैं अतः ये दोनो एक ही हैं।

2

नाम-व्युत्पत्ति एवं अर्थ

'रम्' धातु में 'घञ्' प्रत्यय के योग से 'राम' शब्द निष्पन्न होता है। 'रम्' धातु का अर्थ रमण (निवास, विहार) करने से सम्बद्ध है। वे प्राणीमात्र के हृदय में 'रमण' (निवास) करते हैं, इसलिए 'राम' हैं तथा भक्तजन उनमें 'रमण' करते (ध्याननिष्ठ होते) हैं, इसलिए भी वे 'राम' हैं - "रमते कणे कणे इति रामः"। 'विष्णुसहस्रनाम' पर लिखित अपने भाष्य में आद्य शंकराचार्य ने पद्मपुराण का उदाहरण देते हुए कहा है कि नित्यानन्दस्वरूप भगवान् में योगिजन रमण करते हैं, इसलिए वे 'राम' हैं।

आदि राम

कबीर साहेब जी आदि राम की परिभाषा बताते है की आदि राम वह अविनाशी परमात्मा है जो सब का सृजनहार व पालनहार है। जिसके एक इशारे पर धरती और आकाश काम करते हैं जिसकी स्तुति में तैंतीस कोटि देवी-देवता नतमस्तक रहते हैं। जो पूर्ण मोक्षदायक व स्वयंभू है।

"एक राम दशरथ का बेटा, एक राम घट घट में बैठा, एक राम का सकल उजियारा, एक राम जगत से न्यारा"।।

अवतार रूप में प्राचीनता

वैदिक साहित्य में 'राम' का उल्लेख प्रचलित रूप में नहीं मिलता है। ऋग्वेद में केवल दो स्थलों पर ही 'राम' शब्द का प्रयोग हुआ है[4] (10-3-3 तथा 10-93-14)। उनमें से भी एक जगह काले रंग (रात के अंधकार) के अर्थ में तथा शेष एक जगह ही व्यक्ति के अर्थ में प्रयोग हुआ है लेकिन वहां भी उनके अवतारी पुरुष या दशरथ के पुत्र होने का कोई संकेत नहीं है। यद्यपि नीलकण्ठ चतुर्धर ने ऋग्वेद के अनेक मन्त्रों को स्वविवेक से चुनकर उनके रामकथापरक अर्थ किये हैं, परन्तु यह उनकी निजी मान्यता है। स्वयं ऋग्वेद के उन प्रकरणों में प्राप्त किसी संकेत या किसी अन्य भाष्यकार के द्वारा उन मंत्रों का रामकथापरक अर्थ सिद्ध नहीं हो पाया है। ऋग्वेद में एक स्थल पर 'इक्ष्वाकुः' (10-60-4) का तथा एक स्थल पर 'दशरथ' शब्द का भी प्रयोग हुआ है। परन्तु उनके राम से सम्बद्ध होने का कोई संकेत नहीं मिल पाता है।

ब्राह्मण साहित्य में 'राम' शब्द का प्रयोग ऐतरेय में दो स्थलों पर तथा हुआ है; परन्तु वहाँ उन्हें 'रामो मार्गवेयः' कहा गया है, जिसका अर्थ आचार्य सायण के अनुसार 'मृगवु' नामक स्त्री का पुत्र है में एक स्थल पर 'राम' शब्द का प्रयोग हुआ है । यहां 'राम' यज्ञ के आचार्य के रूप में है तथा उन्हें 'राम औपतपस्विनि' कहा गया है।तात्पर्य यह कि प्रचलित राम का अवतारी रूप वाल्मीकीय रामायण एवं पुराणों की ही देन है।

3

जन्म

रामायण में वर्णन के अनुसार अयोध्या के सूर्यवंशी राजा दशरथ को चौथेपन तक संतान प्राप्ति नहीं हुई, "एक बार दशरथ मन माही, भई गलानि मोरे सुत नाही" तदोपरांत सम्राट दशरथ ने पुत्रेष्टी यज्ञ (पुत्र प्राप्ती यज्ञ) कराया जिसके फलस्वरूप उनके पुत्रों का जन्म हुआ। श्रीराम जी चारों भाइयों में सबसे बड़े थे। किंतु अपनी बहन से छोटे थे। भगवान राम की सगी बहन शांता थीं जो श्रीराम और उनके तीनों भाइयों की बड़ी बहन थीं। हर वर्ष चैत्र मास के शुक्ल पक्ष की नवमी तिथि को श्रीराम जयंती या राम नवमी का पर्व मनाया संस्कृत महाकाव्य रामायण के रूप में वर्णित हुआ है।

कुछ हिंदू ग्रंथों में, राम के बारे में कहा गया है कि वे त्रेता युग या द्वापर युग में रहते थे कि उनके लेखकों का अनुमान लगभग 5,000 ईसा पूर्व था। कुछ अन्य शोधकर्ता राम को कुरु और वृष्णि नेताओं की पुन: सूचियों के आधार पर 1250 ईसा पूर्व, के आसपास रहने के लिए अधिक उपयुक्त स्थान देते थे, जो अगर अधिक यथार्थवादी शासनकाल में दिए जाते हैं, तो उस अवधि के आसपास, राम के समकालीन, भरत और सत्व को स्थान देंगे। एक भारतीय पुरातत्वविद् हंसमुख धीरजलाल सांकलिया के अनुसार, जो प्रोटो- और प्राचीन भारतीय इतिहास में विशिष्ट है, यह सब "शुद्ध अटकलें" हैं।

राम की महाकाव्य कहानी की रचना, रामायण अपने वर्तमान रूप में, आमतौर पर 7 वीं और चौथी शताब्दी ईसा पूर्व के बीच की है। ऑक्सफोर्ड के संस्कृत के एक प्रोफेसर जॉन ब्रॉकिंगटन के अनुसार, रामायण पर उनके प्रकाशनों के लिए जाना जाता है, मूल पाठ संभवतः अधिक प्राचीन काल में मौखिक रूप से रचित और प्रसारित किया गया था, और आधुनिक विद्वानों ने 1 सहस्त्राब्दी ईसा पूर्व में विभिन्न शताब्दियों का सुझाव दिया है। ब्रॉकिंगटन के विचार में, "भाषा, शैली और काम की सामग्री के आधार पर, लगभग पांचवीं शताब्दी ईसा पूर्व की तारीख सबसे अनुमानित अनुमान है"।

भगवान राम के जन्म-समय पर पौराणिक शोध

राम के कथा से सम्बद्ध सर्वाधिक प्रमाणभूत ग्रन्थ आदिकाव्य वाल्मीकीय रामायण में रामजी के-जन्म के सम्बन्ध में निम्नलिखित वर्णन उपलब्ध है: चैत्रे नावमिके तिथौ।।

नक्षत्रेऽदितिदैवत्ये स्वोच्चसंस्थेषु पञ्चसु।

ग्रहेषु कर्कटे लग्ने वाक्पताविन्दुना सह।।

अर्थात् चैत्र मास की नवमी तिथि में पुनर्वसु नक्षत्र में, पांच ग्रहों के अपने उच्च स्थान में रहने पर तथा कर्क लग्न में चन्द्रमा के साथ बृहस्पति के स्थित होने पर (रामजी का जन्म हुआ)।

यहां केवल बृहस्पति तथा चन्द्रमा की स्थिति स्पष्ट होती है। बृहस्पति उच्चस्थ है तथा चन्द्रमा स्वगृही। आगे पन्द्रहवें श्लोक में सूर्य के उच्च होने का उल्लेख है। इस प्रकार बृहस्पति तथा सूर्य के उच्च होने का पता चल जाता है। बुध हमेशा सूर्य के पास ही रहता है। अतः सूर्य के उच्च (मेष में) होने पर बुद्ध का उच्च (कन्या में) होना असंभव है। इस प्रकार उच्च होने के लिए बचते हैं शेष तीन ग्रह मंगल, शुक्र तथा शनि। इसी कारण से प्रायः सभी विद्वानों ने रामजी के जन्म के समय में सूर्य, मंगल, बृहस्पति, शुक्र तथा शनि को उच्च में स्थित माना है।

परम्परागत रूप से राम का जन्म त्रेता युग में माना जाता है। ब्राह्मण / हिन्दू धर्मशास्त्रों में, विशेषतः पौराणिक साहित्य में उपलब्ध

आंकड़ों के अनुसार एक चतुर्युगी में 43,20,000 वर्ष होते हैं, जिनमें कलियुग के 4,32,000 वर्ष तथा द्वापर के 8,64,000 वर्ष होते हैं। राम का जन्म त्रेता युग में अर्थात द्वापर युग से पहले हुआ था। चूंकि कलियुग का अभी प्रारंभ ही हुआ है (लगभग 5,500 वर्ष ही बीते हैं) और राम का जन्म त्रेता के अंत में हुआ तथा अवतार लेकर धरती पर उनके वर्तमान रहने का समय परंपरागत रूप से 11,000 वर्ष माना गया है।अतः द्वापर युग के 8,64,000 वर्ष + राम की वर्तमानता के 11,000 वर्ष + द्वापर युग के अंत से अबतक बीते 5,100 वर्ष = कुल 8,80,100 वर्ष। अतएव परंपरागत रूप से राम का जन्म आज से लगभग 8,80,100 वर्ष पहले माना जाता है।

प्रख्यात मराठी शोधकर्ता विद्वान डॉ॰ पद्माकर विष्णु वर्तक ने एक दृष्टि से इस समय को संभाव्य माना है। उनका कहना है कि वाल्मीकीय रामायण में एक स्थल पर विन्ध्याचल तथा हिमालय की ऊंचाई को समान बताया गया है। विन्ध्याचल की ऊंचाई 5,000 फीट है तथा यह प्रायः स्थिर है, जबकि हिमालय की ऊंचाई वर्तमान में 29,029 फीट है तथा यह निरंतर वर्धनशील है। दोनों की ऊंचाई का अंतर 24,029 फीट है। विशेषज्ञों की मान्यता के अनुसार हिमालय 100 वर्षों में 3 फीट बढ़ता है। अतः 24,029 फीट बढ़ने में हिमालय को करीब 8,01,000 वर्ष लगे होंगे। अतः अभी से करीब 8,01,000 वर्ष पहले हिमालय की ऊंचाई विन्ध्याचल के समान रही होगी, जिसका उल्लेख वाल्मीकीय रामायण में वर्तमानकालिक रूप में हुआ है। इस तरह डॉ॰ वर्तक को एक दृष्टि से यह समय संभव लगता है, परंतु उनका स्वयं मानना है कि वे किसी अन्य स्रोत से इस समय की पुष्टि नहीं कर सकते हैं। अपने सुविख्यात ग्रंथ 'वास्तव रामायण' में डॉ॰ वर्तक ने मुख्यतः ग्रहगतियों के आधार पर गणित करके वाल्मीकीय रामायण में उल्लिखित ग्रहस्थिति के अनुसार राम की वास्तविक जन्म-तिथि 4 दिसंबर 7323 ईसापूर्व को सुनिश्चित किया है। उनके अनुसार इसी तिथि को दिन में 1:30 से 3:00 बजे के बीच श्री राम का जन्म हुआ होगा।

डॉ॰ पी॰ वी॰ वर्तक के शोध के अनेक वर्षों के बाद (2004 ईस्वी से) 'आई-सर्व' के एक शोध दल ने 'प्लेनेटेरियम गोल्ड' सॉफ्टवेयर का

प्रयोग करके रामजी का जन्म 10 जनवरी 5114 ईसापूर्व में सिद्ध किया। उनका मानना था कि इस तिथि को ग्रहों की वही स्थिति थी जिसका वर्णन वाल्मीकीय रामायण में है। परंतु यह समय काफी संदेहास्पद हो गया है। 'आई-सर्व' के शोध दल ने जिस 'प्लेनेटेरियम गोल्ड' सॉफ्टवेयर का प्रयोग किया वह वास्तव में ईसा पूर्व 3000 से पहले का सही ग्रह-गणित करने में सक्षम नहीं है। वस्तुतः 2013 ईस्वी से पहले इतने पहले का ग्रह-गणित करने हेतु सक्षम सॉफ्टवेयर उपलब्ध ही नहीं था। इस गणना द्वारा प्राप्त ग्रह-स्थिति में शनि वृश्चिक में था अर्थात उच्च (तुला) में नहीं था। चन्द्रमा पुनर्वसु नक्षत्र में न होकर पुष्य के द्वितीय चरण में ही था तथा तिथि भी अष्टमी ही थी। बाद में अन्य विशेषज्ञ द्वारा सॉफ्टवेयर द्वारा की गयी सही गणना में तिथि तो नवमी हो जाती है परन्तु शनि वृश्चिक में ही आता है तथा चन्द्रमा पुष्य के चतुर्थ चरण में। अतः 10 जनवरी 5114 ईसापूर्व की तिथि वस्तुतः राम की जन्म-तिथि सिद्ध नहीं हो पाती है। ऐसी स्थिति में अब यदि डॉ0 पी0 वी0 वर्तक और डॉ0 यज्ञदत्त शर्मा द्वारा पहले ही परिशोधित तिथि सॉफ्टवेयर द्वारा प्रमाणित हो जाए तभी रामजी का वास्तविक समय प्रायः सर्वमान्य हो पाएगा अथवा प्रमाणित न हो पाने की स्थिति में नवीन तिथि के शोध का रास्ता खुलेगा अथवा ब्राह्मण धर्म यानी हिन्दू धर्म ग्रंथों या शास्त्रों में वर्णित तिथि ही सर्वमान्य प्रमाण है।

4

भगवान श्री राम के जीवन की प्रमुख घटनाएं

बालपन और सीता-स्वयंवर

पुराणों में श्री राम के जन्म के बारे में स्पष्ट प्रमाण मिलते हैं कि श्री राम का जन्म वर्तमान भारत के अयोध्या नामक नगर में हुआ था। अयोध्या, जो कि भगवान राम के पूर्वजों की ही राजधानी थी। रामचन्द्र के पूर्वज रघु थे।

भगवान राम बचपन से ही शान्त स्वभाव के वीर पुरूष थे। उन्होंने मर्यादाओं को हमेशा सर्वोच्च स्थान दिया था। इसी कारण उन्हें मर्यादा पुरूषोत्तम राम के नाम से जाना जाता है। उनका राज्य न्यायप्रिय और खुशहाल माना जाता था। इसलिए भारत में जब भी सुराज (अच्छे राज) की बात होती है तो रामराज या रामराज्य का उदाहरण दिया जाता है। धर्म के मार्ग पर चलने वाले राम ने अपने तीनों भाइयों के साथ गुरु वशिष्ठ से शिक्षा प्राप्त की। किशोरावस्था में गुरु विश्वामित्र उन्हें वन

में राक्षसों द्वारा मचाए जा रहे उत्पात को समाप्त करने के लिए साथ ले गये। राम के साथ उनके छोटे भाई लक्ष्मण भी इस कार्य में उनके साथ थे। ब्रह्म ऋषि विश्वामित्र, जो ब्रह्म ऋषि बनने से पहले राजा विश्वरथ थे, उनकी तपोभूमि बिहार का बक्सर जिला है। ब्रह्म ऋषि विश्वामित्र वेदमाता गायत्री के प्रथम उपासक हैं, वेदों का महान गायत्री मंत्र सबसे पहले ब्रह्म ऋषि विश्वामित्र के ही श्रीमुख से निकला था। कालांतर में विश्वामित्रजी की तपोभूमि राक्षसों से आक्रांत हो गई। ताड़का नामक राक्षसी विश्वामित्रजी की तपोभूमि में निवास करने लगी थी तथा अपनी राक्षसी सेना के साथ बक्सर के लोगों को कष्ट दिया करती थी। समय आने पर विश्वामित्रजी के निर्देशन प्रभु श्री राम के द्वारा वहीं पर उसका वध हुआ। राम ने उस समय ताड़का नामक राक्षसी को मारा तथा मारीच को पलायन के लिए मजबूर किया। इस दौरान ही गुरु विश्वामित्र उन्हें ले गये। वहां के विदेह राजा जनक ने अपनी पुत्री सीता के विवाह के लिए एक स्वयंवर समारोह आयोजित किया था। जहां भगवान शिव का एक धनुष था जिसकी प्रत्यंचा चढ़ाने वाले शूरवीर से सीता जी का विवाह किया जाना था। बहुत सारे राजा महाराजा उस समारोह में पधारे थे। जब बहुत से राजा प्रयत्न करने के बाद भी धनुष पर प्रत्यंचा चढ़ाना तो दूर उसे उठा तक नहीं सके, तब विश्वामित्र जी की आज्ञा पाकर श्री राम ने धनुष उठा कर प्रत्यंचा चढ़ाने का प्रयत्न किया। उनकी प्रत्यंचा चढ़ाने के प्रयत्न में वह महान धनुष घोर ध्वनि करते हुए टूट गया। महर्षि परशुराम ने जब इस घोर ध्वनि को सुना तो वे वहां आ गये और अपने गुरू (शिव) का धनुष टूटने पर रोष व्यक्त करने लगे। लक्ष्मण जी उग्र स्वभाव के थे। उनका विवाद परशुराम जी से हुआ। (वाल्मिकी रामायण में ऐसा प्रसंग नहीं मिलता है।) तब श्री राम ने बीच-बचाव किया। इस प्रकार सीता का विवाह राम से हुआ और परशुराम सहित समस्त लोगों ने आशीर्वाद दिया। अयोध्या में राम सीता सुखपूर्वक रहने लगे। लोग राम को बहुत चाहते थे। उनकी मृदुल, जनसेवायुक्त भावना और न्यायप्रियता के कारण उनकी विशेष लोकप्रियता थी। राजा दशरथ वानप्रस्थ की ओर अग्रसर हो रहे थे। अतः उन्होंने राज्यभार राम को सौंपने का सोचा। जनता में भी सुखद लहर दौड़ गई की उनके प्रिय राजा,

उनके प्रिय राजकुमार को राजा नियुक्त करने वाले हैं। उस समय राम के अन्य दो भाई भरत और शत्रुघ्न अपने ननिहाल कैकेय गए हुए थे। कैकेयी की दासी मन्थरा ने कैकेयी को भरमाया कि राजा तुम्हारे साथ गलत कर रहें है। तुम राजा की प्रिय रानी हो तो तुम्हारी संतान को राजा बनना चाहिए पर राजा दशरथ राम को राजा बनाना चाहते हैं।

भगवान राम के बचपन की विस्तार-पूर्वक विवरण स्वामी तुलसीदास की रामचरितमानस के बालकाण्ड से मिलती है।

5

वनवास

श्री राम के पिता दशरथ ने उनकी सौतेली माता कैकेयी को उनकी किन्हीं दो इच्छाओं को पूरा करने का वचन (वर) दिया था। कैकेयी ने दासी मन्थरा के बहकावे में आकर इन वरों के रूप में राजा दशरथ से अपने पुत्र भरत के लिए अयोध्या का राजसिंहासन और राम के लिए चौदह वर्ष का वनवास मांगा। पिता के वचन की रक्षा के लिए राम ने खुशी से चौदह वर्ष का वनवास स्वीकार किया। पत्नी सीता ने आदर्श पत्नी का उदाहरण देते हुए पति के साथ वन (वनवास) जाना उचित समझा। भाई लक्ष्मण ने भी राम के साथ चौदह वर्ष वन में बिताए। भरत ने न्याय के लिए माता का आदेश ठुकराया और बड़े भाई राम के पास वन जाकर उनकी चरणपादुका (खड़ाऊँ) ले आए। फिर इसे ही राज गद्दी पर रख कर राजकाज किया। जब राम वनवासी थे तभी उनकी पत्नी सीता को रावण हरण (चुरा) कर ले गया। जंगल में राम को हनुमान जैसा मित्र और भक्त मिला जिसने राम के सारे कार्य पूरे कराये। राम ने हनुमान, सुग्रीव आदि वानर जाति के महापुरुषों की सहायता से सीता को ढूंढा। समुद्र में पुल बना कर लंका पहुँचे तथा रावण के साथ युद्ध किया। उसे मार कर सीता जी को वापस ले कर आये। राम के अयोध्या लौटने पर भरत ने राज्य उनको ही सौंप दिया।

राजा दशरथ के तीन रानियां थीं: कौशल्या, सुमित्रा और कैकेयी। भगवान राम कौशल्या के पुत्र थे, सुमित्रा के दो पुत्र, लक्ष्मण और शत्रुघ्न

थे और कैकेयी के पुत्र भरत थे। राज्य नियमों के अनुसार राजा का ज्येष्ठ पुत्र ही राजा बनने का पात्र होता है अत: श्री राम का अयोध्या का राजा बनना निश्चित था। कैकेयी जिन्होंने दो बार राजा दशरथ की जान बचाई थी और दशरथ ने उन्हें यह वर दिया था कि वो जीवन के किसी भी पल उनसे दो वर मांग सकती हैं। राम को राजा बनते हुए और भविष्य को देखते हुए कैकेयी चाहती थी कि उनका पुत्र भरत ही अयोध्या का राजा बने, इसलिए उन्होंने राजा दशरथ द्वारा राम को 14 वर्ष का वनवास दिलाया और अपने पुत्र भरत के लिए अयोध्या का राज्य मांग लिया। वचनों में बंधे राजा दशरथ को विवश होकर यह स्वीकार करना पड़ा। श्री राम ने अपने पिता की आज्ञा का पालन किया। श्री राम की पत्नी देवी सीता और उनके भाई लक्ष्मण जी भी वनवास गये थे।

6

सीता जी का अपहरण

वनवास के समय, रावण ने सीता जी का हरण किया था। रावण एक राक्षस तथा लंका का राजा था। रामायण के अनुसार, जब राम, सीता और लक्ष्मण कुटिया में थे तब एक स्वर्णिम हिरण की वाणी सुनकर, पर्णकुटी के निकट उस स्वर्ण मृग को देखकर देवी सीता व्याकुल हो गयीं। देवी सीता ने जैसे ही उस सुन्दर हिरण को पकड़ना चाहा वह हिरण या मृग घनघोर वन की ओर भाग गया।

वास्तविकता में यह असुरों द्वारा किया जा रहा एक षडयंत्र था ताकि देवी सीता का अपहरण हो सके। वह स्वर्णमृग या सुनहरा हिरण राक्षसराज रावण का मामा मारीच था। उसने रावण के कहने पर ही सुनहरे हिरण का रूप धारण किया था ताकि वो योजना अनुसार राम - लक्ष्मण को सीता जी से दूर कर सकें और सीता जी का अपहरण हो सके। उधर षडयन्त्र से अनजान सीता जी उसे देख कर मोहित हो गईं और रामचंद्र जी से उस स्वर्ण हिरण को जीवित एवं सुरक्षित पकड़ने करने का अनुरोध किया ताकि उस अद्भुत सुन्दर हिरण को अयोध्या लौटने पर वहां ले जा कर पाल सकें ।

रामचन्द्र जी अपनी भार्या की इच्छा पूरी करने चल पड़े और लक्ष्मण जी से सीता की रक्षा करने को कहा। कपटी मारीच राम जी को बहुत दूर

ले गया। श्री राम को दूर ले जाकर मारीच ने ज़ोर से "हे सीता ! हे लक्ष्मण !" की आवाज़ लगानी प्रारंभ कर दी ताकि उस आवाज़ को सुन कर सीता जी चिन्तित हो जाएं और लक्ष्मण को राम के पास जाने को कहें, जिससे रावण सीता जी का हरण सरलता पूर्वक कर सके । इस प्रकार छल या धोखे का अनुमान लगते ही अवसर पाकर श्री राम ने तीर चलाया और उस स्वर्णिम हिरण का रूप धरे राक्षस मारीच का वध कर दिया ।

दूसरी ओर सीता जी मारीच द्वारा लगाए अपने तथा लक्ष्मण के नाम के ध्वनियों को सुन कर अत्यंत चिन्तित हो गईं तथा किसी प्रकार के अनहोनी को समीप जानकर लक्ष्मण जी को श्री राम के पास जाने को कहने लगीं। लक्ष्मण जी राक्षसों के छल - कपट को समझते थे इसलिए लक्ष्मण जी देवी सीता को असुरक्षित अकेला छोड़कर जाना नहीं चाहते थे, पर देवी सीता द्वारा बलपूर्वक अनुरोध करने पर लक्ष्मण जी अपनी भाभी की बातों को अस्वीकार नहीं कर सके।

वन में जाने से पहले सीता जी की रक्षा के लिए लक्ष्मण जी ने अपने बाण से एक रेखा खींची तथा सीता जी से निवेदन किया कि वे किसी भी परिस्थिति में इस रेखा का उल्लंघन नहीं करें, यह रेखा मंत्र के उच्चारण पूर्वक खिंची गई है इसलिए इस रेखा को लांघ कर कोई भी इसके अन्दर नहीं आ पाएगा। लक्ष्मण जी ने देवी सीता की रक्षा के लिए जो अभिमंत्रित रेखा अपने बाण के द्वारा खिंची थी वह लक्ष्मण रेखा के नाम से प्रसिद्ध है।

लक्ष्मण जी के घोर वन में प्रवेश करते ही तथा देवी सीता को अकेला पाकर पहले से षडयंत्र पूर्वक घात लगाकर बैठे रावण को सीता जी के अपहरण का सुनहरा अवसर प्राप्त हो गया। रावण शीघ्र ही राम - लक्ष्मण - सीता के निवास स्थान उस पर्णकुटी या कुटिया में जहां परिस्थिति वश देवी सीता इस समय अकेली थीं, आ गया। उसने साधु का वेष धारण कर रखा था । पहले तो उसने उस सुरक्षित कुटिया में सीधे घुसने का प्रयास किया लेकिन लक्ष्मण रेखा खींचे होने के कारण वह कुटिया के अंदर जहां देवी सीता विद्यमान थीं, नहीं घुस सका।

तब उसने दूसरा उपाय अपनाया, साधु का वेष तो उसने धारण किया हुआ ही था, सो वह कुटिया बाहरी द्वार पर खड़े होकर "भिक्षाम् देही -

भिक्षाम् देही" का उद्घोष करने लगा। इस वाणी को सुन कर देवी सीता कुटिया के बाहर निकलीं (लक्ष्मण रेखा के उल्लंघन किए बिना)। द्वार पर साधु को आया देख कर वो कुटिया के चौखट से ही (लक्ष्मण रेखा के भीतर से ही) उसे अन्न - फल आदि का दान देने लगीं। तब धूर्त रावण ने सीता जी को लक्ष्मण रेखा से बाहर लाने के लिए स्वयं के भूखे - प्यासे होने की बात बोल कर भोजन की मांग की।

आर्यावर्त की परंपरा के अनुसार द्वार पर आये भिक्षुक एवं भूखे को खाली हाथ नहीं लौटाने की बात सोच कर वो भोजन - जल आदि लेकर भूल वश लक्ष्मण रेखा के बाहर निकल गई। जैसे ही सीता जी लक्ष्मण रेखा के बाहर हुई, घात लगाए रावण ने झटपट उनका अपहरण कर लिया। रावण सीता जी को पुष्पक विमान में बल पूर्वक बैठाकर ले जाने लगा।

पुष्पक विमान में अपहृत होकर जाते समय सीता जी ने अत्यन्त उच्च स्वर में श्री राम और लक्ष्मण जी को पुकारा तथा अपनी सुरक्षा की गुहार लगायी। इस ऊंचे ध्वनि को सुनकर जटायु नामक एक विशाल गिद्ध पक्षी जो मनुष्यों के समान स्पष्ट वाणी में बोल सकता था तथा पूर्व काल में राजा दशरथ का परम मित्र था, वन प्रदेश को छोड़कर आकाश मार्ग में उड़ कर पहुंचा। जटायु देखता है कि अधर्मी रावण एक सुन्दर युवती को अपहरण कर लेकर जा रहा है तथा वह युवती अपनी सुरक्षा की गुहार लगा रही है।

यह अन्याय देख कर जटायु रावण को चुनौती देता है तथा उस युवती को छोड़ देने की चेतावनी देता है लेकिन अहंकारी रावण भला कहां मानने वाला था सो रावण और जटायु में आकाश मार्ग में ही युद्ध छिड़ जाता है। बलशाली रावण अपने अमोघ खड्ग से जटायु के दोनों पंख काट देता है जिससे जटायु निःसहाय हो कर पृथ्वी पर गिर जाता है। रावण पुष्पक विमान में सीता जी को लेकर आगे बढ़ने लगता है।

सीता जी ने जब देखा कि उनकी रक्षा करने के लिए आए विशाल गिद्ध पक्षी जो मनुष्यों की भांति बोल सकता था, रावण के खड्ग प्रहार करने से धराशायी हो गया है तब पुष्पक विमान में आकाशमार्ग अथवा वायुमार्ग से जाते समय सीता जी अपने आभूषण / गहने को उतार कर

नीचे धरती पर फेंकने लगीं।

भगवान राम, अपने भाई लक्ष्मण के साथ सीता की खोज में दर-दर भटक रहे थे। तब वे हनुमान और सुग्रीव नामक दो वानरों से मिले। हनुमान, राम के सबसे बड़े भक्त बने।

• 17 •

7

रावण का वध

रामायण में सीता के खोज में सीलोन या लंका या श्रीलंका जाने के लिए 48 किलोमीटर लम्बे 3 किलोमीटर चोड़े पत्थर के सेतु का निर्माण करने का उल्लेख प्राप्त होता है, जिसको रामसेतु कहते हैं।

सीता को को पुनः प्राप्त करने के लिए राम ने हनुमान, विभीषण और वानर सेना की सहायता से रावण के सभी बंधु-बांधवों और उसके वंशजों को पराजित किया तथा लौटते समय विभीषण को लंका का राजा बनाकर अच्छे शासक बनने के लिए मार्गदर्शन किया।

8

अयोध्या वापसी

राम ने रावण को युद्ध में परास्त किया और उसके छोटे भाई विभीषण को लंका का राजा बना दिया। राम, सीता, लक्ष्मण और कुछ वानर जन पुष्पक विमान से अयोध्या की ओर प्रस्थान किये । वहां सबसे मिलने के बाद राम और सीता का अयोध्या में राज्याभिषेक हुआ। पूरा राज्य कुशल समय व्यतीत करने लगा।

9

दैहिक त्याग

दैहिक त्याग

ब्रह्मा द्वारा राम का स्वर्ग मे स्वागत

जब रामचन्द्र जी का जीवन पूर्ण हो गया, तब वे यमराज की सहमति से सरयू नदी के तट पर गुप्तार घाट में देह त्याग कर पुनः बैकुंठ धाम में विष्णु रूप में विराजमान हो गये।